歌集

こいつら

早川晃央

Hayakawa Akio

六花書林

こいつら　＊　目次

V

装幀　真田幸治

こいつら

I

輝けぼくら

ただひとつ売れ残りたるクマのパンやっと微笑むわれのトレーで

カルピスは茶色の瓶が親しくて徳用パックわれは選ばず

中学の卒業記念スケッチに用務員さん描くいつも笑顔の

夏すぎて秋もつかのま初雪に立山輝く冬は来たれり

消防車駆けゆく音に起こされて今日から期末考査に入る

トーストを焦がして始まる一日は暗い気分で学校に着く

真っ白な立山見える教室をきょう巣立ちゆく、輝けぼくら

II

祖母の言葉

自動車にまた撥ねられてスーパーのふくろ路上を楽しげに舞う

ぼうと立つ月曜の朝わが前を特急「はくたか」轟然と過ぐ

デパートの屋上になお一プレイ三十円のゲーム作動す

自作なる短歌は墨で書きたくて書道部入りの意を決したり

誰よりも誰よりも富山弁似合う祖母の言葉は自然のぬくみ

きょうテレビに殺人事件五件見た　本物二件ドラマ三件

大好きなスニーカーで行く通学路、冬ながら咲くタンポポ強し

土曜日は介護度3の祖母とゆく外食でいつも祖母を励ます

文芸部成る

あと十票何が足らざりし我なるか会長選挙に僅差で負けた

台風の暴風域の真ん中で肌で感じる嵐の青春

右側のイヤホン君の耳に差し共感しあう「コブクロいいね」

平日の昼間の安売りスーパーに男性客は意外と多い

六人の新入部員に支えられ我を部長に文芸部成る

煙草買う祖母は名前を知らなくて箱を指差し「下さい」と言う

学校で溜め来し愚痴を言う度に母はいちいち「あっそう」と言う

夏の盛岡

スピードを競いて黄色信号に突っ込む朝のドライバーたち

学校に近づくにつれ気にかかる遅刻の我のボサボサの髪

英単語ひとつの差にて我おごるラーメンを友はうまそうに食う

ぴんぴんで仕事しゴルフする祖父も今日から後期高齢者なり

どこよりもチームワークが上回りわれら制したり短歌甲子園

もろともに語り尽くして夜を明かす悩みは多き文芸仲間

プールでも花火でもなく僕たちを短歌が結ぶ夏の「もりおか」

文芸に派手さはないがスポーツと等身大の喜びがある

クラスみな今が一番かっこいい　入試が迫り燃えている顔

十八になれば自動車学校のＤＭどさっと郵便受けに

席替えのくじびきの一喜一憂は高校生の楽しみである

パソコンをいつもカバンに入れる父　荷物より重い責任負って

花金やバブルを知らぬ我らには親の思い出話むつかし

ローソンとナチュラルローソン向かい合い利益を競う新宿の夜

マスターのコーヒーが好きなお客にて今日も賑わう喫茶「たかなわ」

忘れ物コーナーにあるよく目立つ派手な傘、たぶんぼくの祖母のだ

短歌甲子園

高校二年、三年時に出場した短歌甲子園（盛岡市主催）にて詠んだ歌。高校生としての節目であり、私の人生を大きく変えたと言っても過言ではない。

二〇〇七年（題「出会う」）

新しい出会い
求めんもりおかに
わざとハンカチ落してみよう

二〇〇八年・準決勝（題「足跡」）

文芸で我が残せし足跡の
全てに人の
やさしさありき

決勝（題「嘘」）

富山にて売らるる
岐阜産「ふるさと牛乳」なんて
ひどいじゃないか

Ⅲ

地理学

明大を私が欲し明大が私を欲したゆえの合格

地理学部、旅行サークル、地理学研究部《ちりけん》と地理に偏るキャンパスライフ

きのうまでじゃれあっていた友達が働いており四月一日

受験より解放されて泣く友の彼しか知らぬ涙の温度

測量となれば山でも川さえも行かねばならぬ地理学ゆえに

勝沼のワイナリーでも使いおりワインのメッカ・ボルドーの樽

番台の七十近いおばさんの動きを気にしわれは着替える

テキトーな相馬センセー出欠をオレがサボった今日だけ取った

一個の消しゴム

満員の電車に咳をしただけで乗客がみな我を睨めり

流行のインフルエンザ警戒し誰もが咳に敏感になる

ネクタイをうまく結べず何回も直す我には大人は遠い

メシを食うときも辺りを気にかけるカラスのような生き方は嫌だ

初めてのバイト代にて買ったもの　気付けば一個の消しゴムだった

コーヒーもジュースも無料の水さえも定量きちっとマックは入れる

マニュアルで1つ、2つは「お」をつけて3にはつけぬミスタードーナツ

「定食屋おふくろ」の飯うまいけど調理は夫《つま》の和夫さんなす

新潟の旅

二〇〇九年十月二十四日（土）、二十五日（日）の二日間、奥村晃作氏、風間博夫氏とともに新潟を旅した。
初日は和歌文学会での奥村氏の講演を聞き、二日目は観光をした。

新潟のシンボルはトキ　街中のいたるところに「ときめき」の文字

ふるさとが富山のわれも新潟のコメ格段にうまいと思う

朝食はパンかご飯か悩んだが我は欲張りどちらも食べた

新幹線一階席は走行中〈壁〉を見ているばかりであった

筆跡が好き

明大のシール一つで完売す明大ワッフル百二十円

同じ字を書いていても皆が少しずつちがう　私は筆跡が好き

人生に最後の入学式ならん今日から通う自動車学校

運転をするときは我も例外にあらずしっかり前を見ている

いつも勝つ馬より負けて強くなる牝馬に人は酔いしれてゆく
（最強牝馬・ウオッカが引退した）

love & like

1　love

お互いに話さなくても気がつけば指をからませ手をつなぎおり

千円のケーキセットでティータイム　彼女の希望ゆえに我慢す

ユニクロでバイトしている彼女ゆえ我は言われた服を着てます

ユニクロで働く君は僕といるときとは違う笑顔をつくる

君のくれた立つことのない香水のハートの瓶は何を意味する

お互いに無いものねだりどこまでも謙虚な君と自信家の我

唇と唇でなく口紅とリップクリームの距離、 あなたと私

子供まで愛する余裕なきゆえに純粋な今の関係がいい

別れ際ハグすることはお互いの一日《ひとひ》を終えるあいさつ代わり

2 like

ＣＧであるかのごとくアイドルになりきる渡辺麻友《まゆゆ》　我を魅了す

快適な目覚め促す天井の渡辺麻友《まゆゆ》微笑むビッグポスター

ＡＫＢファンに不況はあらずして公演チケットいつも完売

倍率の三十二倍を勝ち抜いてＡＫＢのチケットを得た

生で見る渡辺麻友《まゆゆ》の顔はテレビよりずっと小さく向日葵みたい

二次元の男しか好きになれないとファンを前にし渡辺麻友《まゆゆ》は言った

「CDを一枚買えば推しメンの一人と一度握手できます」

握手会　渡辺麻友《まゆゆ》の列は途切れずに続き続いてまだまだ続く

loveになることはないから特典で渡辺麻友《まゆゆ》と握手をすれば満足

大泉洋が好みの妹はＡＫＢを全否定する

3　love か like か

球場の空気切り裂くホームラン中島が打ち活気が戻る

九回の好機にヒット一本が出ぬまま西武首位陥落す

連敗が続く西武も今日こそは勝てると信じ球場へ来た

失敗を恐れずに打て三振は見逃しよりも空振りがいい

どれほどの連敗しても西武なら明日は勝てると信じてるわれ

飛行機の翼

レトルトにパック詰めされ名シェフのカレーもレトルトカレーとなった

飛行機の翼が塵で黒くなり空はきれいでないことを知る

雨粒は海に落ちればそのときを境にすべて海水となる

夜勤明け疲れて歩く我の手にバイト情報誌が配られる

絶え間なく涼しい風が吹く葉月　大室山の頂は初夏

大室の頂に立ち見る伊東　空と海との境あいまい

絶景の大室山に見る伊東　いまなら空も飛べる気がする

どれもみな同じタイルの床なれど一度も踏まれぬタイルもあらん

風に揺れるプールをゼリーっぽいと言う子らは無限の可能性秘む

ぎっしりと数字の詰まる時刻表がはやくも恋し帰省三日目

初めてで最後の二十歳になった日に飲酒しなくてよいのかオレは

東京競馬場

園児らの散歩の列にたいがいは散歩させられている子らもいる

我が歌を必ず誰かが読んでいる　だから一所懸命に詠む

直線のゴールの先に白富士がそびえ立ちいる東京競馬場

富士山の頂に向け懸命に馬が駆けぬく東京競馬場

新宿二丁目

クリスマスも仕事するきみ想いつつバイト欠勤連絡をせり

なんとなく特別な夜になる気していつもと違う香水を選る

ドトールの二階席より見下ろせば新宿二丁目陽気な夕べ

君の吸うアークロイヤルスイートはテディベアーも驚く甘さ

耳元でささやくように話すきみ　ふたりぼっちの激しい夜に

生で聞くきみの「おやすみ」新鮮でまだ当分は寝れそうにない

来年も平穏であれ人参の皮を剥きつつ思う年の瀬

蟻くん

飛行機が落ちたら死ぬと覚悟してゆるめのシートベルトを締める

飛行機の窓の雨粒離陸せし途端流れて五線譜となる

見上げれば綿菓子であり見下ろせば流氷らしく雲は見えたり

空の空　雲の上では毎日が快晴であり雨は降らない

朝焼けの陽を受け白く輝ける湖はゴルフ場のバンカー

着陸の第一歩なり傾いた翼が雲にメスを入れたり

手荷物にくっついて来た蟻くんに都会の街を体験させむ

飛行機に轢かれて死んだ人なんてそういえば聞いたことがないなあ

韓国の東の海を韓国は東海と呼ぶ日本海でなく

韓国の飛行機なれば航路図の東海上に独島《とくと》が浮かぶ

東日本大震災

家々に土嚢を積みて氾濫に備える浦安市の川近く

震災は詠まずと決めた我なるも現地を見れば詠まずにおれず

川沿いに地割れ激しく浦安は亀裂が残る四月十四日

地理学が専攻の我は震災の生教材を無駄にはできぬ

震災の影響はなし満開の桜が強く生きよと語る

水勢の弱いシャワーを浴びるとき実家《いえ》に帰った実感がわく

齋藤孝ゼミ

愛校心いよいよ我に高まりて明治大学三年生なり

教職を目指すと決めた三年の春、齋藤孝ゼミを受講す

新たなる出会いの季節桜雨降る女子高の通りときめく

朝シャンに湿った髪をなびかせて五月の風の中きみは来る

牛めし屋

誰ひとり長居する客おらずして黙々と食う牛めし松屋

松屋では機械が飯を入れておりしゃもじは飯を整えている

丼を置けば一人前の飯を機械は落とす牛めし松屋

食券を置いて九秒水をくむ前に牛めし出でくる松屋

牛めしを食べ終え箸を置いた途端おさげしますと店員は言う

金沢競馬の顔

六年を金沢競馬の顔として走りしビッグドン引退す

最後まで気合いあらわに走りおりビッグドン今日の引退レース

ゼッケンをなびかせ風を切り走る金沢競馬の名馬ビッグドン

首を下げ前へ前へと駆けゆくは今日ラストランの名馬ビッグドン

ラストランはいつも通りの追い込みも十着だった名馬ビッグドン

ふるさとの祖母

福島泰樹の絶叫短歌は麻酔まだ抜けない歯へもがんがん響く

自殺した仲間の魂《たま》を受け継いで絶叫つづける福島泰樹

「原宿に行ってみたいわ」てきぱきと家事しつつ言うふるさとの祖母

父とふたり静かに富山ブラックのラーメンを食う昼の食卓

「地名」の力

東京の猛暑を避けて訪れた札幌が記録的な真夏日

すすきのに高ぶる気分　注文のビールはきょうもほろ苦かった

開拓のひと想いつつ歩をすすめ気付けば碁盤目をさまよえる

〈時計台〉は北1西2碁盤目の我はいまほぼ中心に立つ

「富良野産」「旭川産」「夕張産」市場賑わす「地名」の力

友だちの距離

円周の常に対極　ぼくときみ会うことはなく走り続ける

友だちの距離が二人に適当でより近づくとつまらなくなる

猛暑日の美容室よし日常に疲れた人の専用の椅子

美容師の髪梳《す》く手つき軽やかに涼しき今年の猛暑日きょうは

地理学の研究なれど回遊の調査を人は訝しみ見る

反省の残れる塾の講義終え空の鋭き二日月見る

広島のホテルにドーム見下ろして再認識す「戦争は悪だ」

三味線を弾く人の手に狂いなし一糸乱れぬ四人の音色

地を軸に足傾かせ飼い主の引く手を拒む散歩の犬が

しんしんと首都を包める初雪に頭をよぎるキューブラー・ロス

西光万吉

大正七年富山県で米騒動が起こる。

騒動の直後に〈普通選挙期成同盟〉結成せし滑川《なめりかわ》

騒動の直後に可決〈魚津町臨時貧民救助規定〉を

「人はみな尊敬すべし」立ち上がる部落民なりし西光万吉《さいこうまんきち》

水平社結成に向け西光は奈良の部落で命を懸けた

米騒動契機に大正十一年　全国水平社発足したり

西光が立たなかったら現在も部落差別は深刻の筈

日本初の人権宣言「人の世に熱あれ人間《じんかん》に光あれ」

（大正十一年、西光万吉のこの宣言により全国水平社が発足した）

紫紺のタスキ

二〇一二年箱根駅伝で明治は宿敵の早稲田に勝り、
四十九年ぶり三位入賞を果たした。

半世紀ぶりの明治の快走に我はこたつの守り人なる

八位から三位に上がりスピードの四区の新星、八木沢元樹《やぎさわげんき》

地を蹴りて前をとらえる八木沢の眼《まなこ》に潜む明治の誇り

五区の山抜かし抜かされ二位を競る明治と早稲田　声援を背に

宿敵の早稲田にだけは負けられぬ明治の原動力は早稲田コンプレックス《わせコン》

明大の、日本のエース鎧坂《よろいざか》　都心十区をぐいぐい駆ける

最後まで早稲田びいきの中継に明大生のツイート増える

昨年の悔しさをバネに箱根路を明治の紫紺タスキが走る

東洋と早稲田、駒澤三強の予想に割って入った明治

伝統が生む名勝負　駅伝に勝ちたい明治、負けられぬ早稲田

スポーツは結果にあらずプライドのぶつかり合いに心が動く

初めての寄席

行きつけの飲み屋のとなり新宿は末廣亭に寄席を見に行く

一日を笑いに笑い過ぎゆけり新宿に見る初めての寄席

紙切りの芸人は客の要望にパンダ、談志を迷わず作る

こままわし、落語、紙切り、漫才と一日を寄席に笑い続ける

節分の末廣亭は落語家が軽快に豆、手ぬぐい投げる

みな躍動す

「譲れない夢」の床《ゆか》には新体操男子部員がみな躍動す

六人の男子それぞれぴったりと床いっぱいのタンブリングす

新体操鹿倒立は全員の角度がそろい成功となる

都立高校入試

うるうびの圧倒的な雪なれどサクラ咲け我が受験生キミに

「先生！受かりました」の報告に満員電車内に安堵す

東府中駅

明日去る東京だから今日くらいいつもの道をゆっくりあるく

東府中駅へと続く〈自衛隊通り〉カラスが今日もうるさい

最良と思える四年間だった府中に住んで明大生で

東京が大好きだった四年間欠かさず読んだ「東京ウォーカー」

定刻で上野に〈Ｍａｘとき〉が来て富山に帰る　その時が来た

Ⅳ

ワシントンポスト

地を蹴ってキックボードで出かけようまだ肌寒い新しい春

ベテランも新採も生徒らにとって唯一無二のタンニンである

「学校が楽しい」それはそうだろう授業で騒ぎまくるおまえは
フラスコに気体はすべて集まって逸れて出てゆく気体はあらず
朝市で買ったキャベツはワシントンポストに手際よく包まれる

とんかつ屋お子様ランチと肩並べ還暦定食一二〇〇円

「現代の歌人と言えば俵万智」四半世紀も前の人だね

象徴天皇

生徒にはバレないように二月からクラス編成会議はつづく

メス蝶を追うオス蝶が教室をうろちょろしてて授業を止める

剣道を見たこともない顧問・オレ　象徴天皇のさびしさを思う

赤旗が三本上がりキャプテンはどうやら勝ったらしい決勝

岩盤浴

石に寝て体内の汗絞り出す岩盤浴する老若男女

がんばらないことが大事と注意され石にタオルを敷いてただ寝る

五十度の石に寝転ぶのみのわれただただアイス思い浮かべる

「二十分石に寝転び十五分水飲み涼む」五度繰り返す

うす暗い部屋に「がんばらないで」という張り紙あまた「月光」の部屋

銭湯の男子トイレのウォシュレット無数の男の尻を洗えり

脱衣所の男の熱に息絶えて小蠅はそっと壁から落ちる

銭湯に畳敷き詰められており中心だけが黒ずんでいる

名馬の余生

前肢を上げ年二百回種付けをせしとぞ名馬ディープインパクト

一日に五回種付けするという多忙きわめる名馬の余生

アルペンの選手はゴールする間際　膝たたむ例外なくたたむ

食べられるために食べさせられているフィードロットの牛の静けさ

東日本大震災の被災地を訪う

地震から六年を経た女川の日常に我が足踏み入れる

いかまぐろさばいくらあじたこひとめぼれ女川の〈復興丼〉を食う

観光客向けに〈海鮮丼〉を出す女川の人は日常として

大地震《おおない》より六年が経ち更地なお点在してる石巻には

復興支援とて金華鯖《きんかさば》いわし牡蠣わかめめかぶを買って帰りぬ

ハゴロモのチョーク

あくびした生徒が退場させられる不文律あり学年集会

教科指導給食指導生徒指導清掃指導全てが指導

平行線たどる会議がどこまでも続きとうとう日が暮れた夏至

中三の男子言い争ったあと「ごめん」の「ん」はかすかなる音

引くに引けなくて駄目だとわかってて意地でけんかをする十五歳

〈Enter〉キーたたきつけてる教務主任いらだっているいつものように

〈ハゴロモ〉に変わる新たな〈チョーク（黄）〉は書き味がよくやや折れやすい

〈ハゴロモ〉に変わるチョークはMade In KOREAわずかに明るい黄色

たくさんの子を見てきたと数学の教師が語る母の目をして

教員にバレていないと思ってる男女は端と端に席替え

切れそうなミサンガずっと大切にしてるカナタのまだ続く夏

教頭とグチ言い合ったあとの帰路強く背中を押す風が吹く

世界の中心

静寂の部屋に二人の肌が触れここが世界の中心となる

瑞々しすぎるレタスのサラダなり君との夜が明けた朝食

いつもより少しソフトのワックスで髪整えし月曜の朝

まだ少し髪が湿っているけれど今日は気にせずゆく通勤路

監視社会

初〈戦後生まれの首相〉安倍晋三安保改正法案通す

冬晴れの暖かい日を思い出すぐちゃぐちゃの卒論受領書

知らないの？高橋尚子　そっか２００１年生まれだったね君ら

横綱の全勝対決ありそうであるべきで珍しい取組

捕虜だった祖父の墓参の仏花《ほとけばな》巻く新聞に微笑む陛下

小便器すべてに番号つけられる徹底監視社会に生きる

三年の男子トイレの小便器5番に破損ありの報告

パドック

みぞれ降るパドックに客は二人のみ十頭の馬が無言でまわる

「三番は馬じゃねぇんだ」まくしたて客を集める場立《ばた》ちの予想

馬場の水たまりに足を滑らせた馬から騎手が放り出される

かに鍋の振る舞いが目玉イベントの金沢競馬師走開催

選抜チーム

クラスの生徒の応援に行く

寸分の狂いなくパスつながってシュートが無事にリングを通る

パスがごくわずかにずれてつながらず選抜チームの難しさあり

見え透いたパスを相手にカットされ監督は指さして怒鳴った

五回目のファウル宣告　キャプテンは天井見上げコートを去った

点数が入ればともに喜んで手をたたくのが教師の仕事

江華島ツアー

「北を心配しすぎだよニッポンは」笑う韓国人ガイド呉《オ》さんは

軽快なガイドが突如重くなる独島《とくと》は韓国のものらしい

山が赤々としている北朝鮮根こそぎ切った木で暖をとる

江華島事件の際の大砲を記念に据える要塞・草芝鎮《チョジジン》

V

スマッシュ

二〇一八年春、現在の勤務校に異動する。

デスクワークばかりの四月階段は一段一段素早く登る

バドミントン部の顧問を命じられる

水鳥の羽の長さに寸分の狂いなくつくられてるシャトル

床を蹴り空を切り裂きラケットを振り抜きて繰り出せるスマッシュ

君の好みの私

見た目には分からないけど家の湯と似て非なる平湯温泉の湯は

歴史的町並みで英字新聞を売る高山のセブン-イレブン

誕生日《たん》プレゼント《プレ》の服着飾ればわたくしはわたくしでないわたくしになる

ネクタイに財布、マフラー少しずつ君の好みの私ができる

石巻から来たサンマ長旅の疲れを見せずよい味を出す

焼いてよし揚げてよし造りさらによし初物サンマ三昧のわれ

駱駝の欠伸

ＡＮＡ機にて配られた〈お〜いお茶〉パック（あっオレの句が書いてあるじゃん）

青々として目前に迫りくるひとを飲み込むごとき大山《だいせん》

人を乗せ何度も同じ砂を踏み続けて歩く駱駝の欠伸

石鹸でシャカシャカ洗うひと夏を共に過ごしたデッキシューズを

立ち食いの蕎麦すする人を後ろから見ればお辞儀をしているようだ

袖はまくって

「平成と書かれた封筒から使え」平成の在庫処分始まる

授業とは真剣勝負　真冬でもジャケットは脱ぎ袖はまくって

さまざまな意見飛び交う討論の授業気づけば汗かくじわり

旧道をゆく

養殖の真珠を探す海女は背を丸め腰から海に飛び込む

江戸人《びと》の跡たどるべく外宮から内宮までの旧道をゆく

江戸人を虜にしたる参道の赤福は我をも虜にす

バンカーに落つ

高く高く上がって伸びるティーショットぐんぐん伸びてバンカーに落つ

アイアンは7番がよし無理をせず刻んで寄せてボギーならよし

グリーンは女心に似てその場その場で球を止める転がす

シャンクした球は斜面に突き刺さり転がらずして草に隠れる

祖母逝けり

二〇一九年十二月十日十七時五十五分祖母逝けり

大正に生まれ四元号生きた祖母は戦争をも生き延びた

コスモスに入り間もなきころ祖母は特選のたび葉書をくれた

幸せと言えるかどうかわからない祖母の幸子が生きた九十五年

セレモニーホールの昇降機で誰も声あげず四階までを立つ

黒服の人で〈三密〉セレモニーホールの昇降機にみな黙す

職人仕事

卒業生へのメッセージ書き終えて静かに有馬記念見ている

もし馬が人の言葉を話せたら謝罪会見をせよアーモンドアイ

指示をせず人を黙って並ばせるプラットホームの青線二本

定刻の八秒前に発車ベル鳴らす車掌の職人仕事

新宿に握手し歩く知事がいて靴磨きするおじさんもいる

草だんご、せんべい、駄菓子屋を抜けて帝釈天の神籤大吉

サウナの扉

二〇二〇年二月二十九日、安倍首相は全国の学校に休校要請を出す
富山市のコロナ罹患者ゼロのまま三月を失った学校

「地図帳で武漢《ウーハン》を探せ」武漢は辛亥革命が起こったところ

笑うとは人間だけの特権と言う歌丸を見るYouTube

コロナゆえの縁なり〈Zoom〉上に会うインドのあなた富山のわたし

「うちの親が普通科に行けってうるさくて」ベランダで愚痴聴く昼休み

入るときは最後まで持ち出るときはすぐ手を離すサウナの扉

休校を告げる

修学旅行中止決定知る夜の缶チューハイのパインがしみる

例年、十月の修学旅行は沖縄に行っている

修学旅行中止だなんて知るはずもなく通常の部活始まる

四階の教室でみる夕焼けはいつまでもいつまでも橙

目の前の生徒の視線痛いほど痛いほど浴び告げる休校

四階の三年二組から見える夕陽はどんなときもまぶしい

日常を戻しつつある学校に非日常のわくわくはない

保護者会

鞭を打ち「ハッハ」と叱咤する騎手の声する無観客競馬場

帰路にすれ違う東京行きのバス「キラキラ号」は闇に消えゆく

難しい要望は相づちをうちファジーのままにする保護者会

教員は常に理想を語るべし現実に押しつぶされながら

「すみません」「申し訳ない」父は子の居眠りを謝る保護者会

同調に縛られる男子の多さ「みんな」やってる「みんな」言ってる

「コカコーラ缶が今だけ百円」がそろそろ四年目となるそば屋

排球は地につく前の球に手をすべりこませておけばよいのだ

卓球は相手に先に十一回ミスをさせれば勝てるスポーツ

三月の予備校

卒業までのカウントダウン一日目雪降りしきり臨時休校

通る車通る車がごぼごぼと埋《うず》もれるたび押し出しに出る

どこからか男六人集まって立ち往生の〈ステラ〉押し出す

二ヶ月をコロナに盗られ大雪に四日盗られた三年二組

さくらさくらさくらみんなに咲いたかのように桜咲く三月の予備校

君との夏

「弁当はしゃべらずに食え」大人でもやらないことを生徒に強いる

坂道を立漕ぎで越え風を浴び二歳ほど若くなれた気がする

おいしいねおいしいねって次々に網から口に運ばれる舌《タン》

ストローを噛みつつメロンソーダ吸う君との夏に二度はなかった

ジェンダーレス、ユニセックスをことさらに言うブランドは好きになれない

スカートを選ぶ男子がいてもいい教頭が難色示しても

ハングルのグルは文字の意　答案で「ハングル文字」はすべて×です

押すボタン

トランプのどれか一枚なくなった途端残りも紙くずとなる

食べていたレモン団子が名産と言われた途端口に合いだす

ようやくにとれたライブのチケットは画面の中のＱＲコード

話したくないけど聞いてほしいこと風呂ではすべて話したくなる

〈押す〉ボタン押してるあいだ水勢は変わらずずっと湯は出続ける

〈押す〉ボタン離してちょうど十秒を経過して湯はピタッと止まる

爆破予告

学校に爆破予告があり、副校長が臨時職員会議で
翌日の臨時休校と職員は出勤するように告げる

「明日、爆破予告あり休校とします。教員は通常勤務です。」「はっ？」

十月の飲み会でああでもないしこうでもないと人事の予想

当たらない人事予想を肴にし不毛な秋の　〈塚田農場〉

三百円のそば売り続け五十年新宿の朝まもる　〈梅もと〉

明大生はみな

〈まんてん〉の親父の声が聞きたくて年休をとり〈まんてん〉へ行く

そうだこれがライスカレーだ〈まんてん〉の〈まんてん〉だけのライスカレーだ

ねっとりの甘めのルーにバキバキのカツを頬張る明大生はみな
神保町駅より北に徒歩五分腹ペコのわれを〈まんてん〉が待つ

三角兵舎

「君がため雄々しく散らん桜花」七十七年前の知覧に

喜びに満ちて発つほかなかったと青年の震える声を聴く

旅客機が遥かに見える猛暑日の知覧に伸びる伸びるひまわり

〈隼〉を囲むあまたの遺書がありすべてが二十歳前後の男子

特攻を間近に控え身を隠す三角兵舎の寝具の白さ

明日散ると知りながら酌み交わす酒うす暗い小屋に遺書を認め

聖域と化す

教室の右半分の席の子にインフル九人学級閉鎖

教員に大人に甘え学校がいつか子どもの聖域と化す

全校の二%が無効票投じる生徒会長選挙

学校一欠席の少ないクラス令和四年度二年三組

一分の遅延

毎年秋に、金沢市でレインボープライドが開かれており、参加している

好きと好きが手を握り合い金沢を練り歩く性別超え歩く

堂々と同性愛をアピールし歩くロバート・キャンベルが好き

受話器よりキャンキャン響く声の主＝鉄の女・教頭の愛犬

原発に勤める人がひそひそと堂々と原発に入りゆく

一分の遅延を謝罪する車掌よどみなくマニュアルを読み上げ

一分の遅延許さぬ客がいて一分の遅延わびるＪＲ

ひめゆり

生死さまよう〈ひめゆり〉になりきった吉永小百合を見てる真夜中

iPadから目を背く〈ひめゆり〉がガマで手術を手伝う場面

十四歳女子が腕なく足もない兵士の尿を受け止めている

荒崎海岸を訪れる

〈ひめゆり〉が自害した地の碑を襲う台風の荒れ狂う高波

こいつら

タンニンの思惑交差し終わってクラスが決まる四月一日

ソウスケとユウナ三年間ずっとオレのクラスだ　なんかごめんな

四十人それぞれが寄り添う窓はクラスのみなをよく知っている

二回目の卒業生を送り出す
「こいつら」と思う日々でも「こいつら」が愛おしくなる桜の季節

あとがき

なぜ教員になったのか。これはよく聞かれる質問である。教員になりたての頃は、「せっかく大学で学んだ地理を活かせる仕事に就きたかったから。」と答えていた。だが最近は、「同じ感情になることがなく、飽きないから。」と答えている。どちらの理由も私の率直な思いであることに変わりはないが、歌集を編むにあたり、これまでの歌を並べてみると後者の方がより近いように思えてきた。

私たち教員は学校で、対生徒、対教員、対保護者と大きく三つの顔を使い分ける。そして、どれかの顔をしていることがつらくなったとしても、他の顔をしたときに救われることは多々ある。しかしそれだけでは、ここまで教員を続けていなかったかもしれない。

教員としての私というひとつのアイデンティティを支えるもの、それが歌の世界であり、作中主体としての私である。ときに作中主体は私であり、またあるときには私ではない別の私が現れる。そんなフィクションなのかノンフィクションなのかよく分からないけれども、私は私の歌を詠むといういとなみを通して、自分自身の思いや感情を吐露しながら、今の私を形作ってきた。

この歌集は、コスモス短歌会に入会し、短歌を始めた二〇〇五年（十五歳）～現在（三十三歳）までの三六五首をほぼ作歌順に並べた第一歌集である。次のⅠ～Ⅴのパートに分けた。

Ⅰ…中学時代
Ⅱ…高校時代
Ⅲ…大学時代
Ⅳ…中学校教員となって五年目まで
Ⅴ…現在の勤務校に異動した六年目以降

である。

タイトルの『こいつら』は、次の歌からとった。

「こいつら」と思う日々でも「こいつら」が愛おしくなる桜の季節

私が担任し、今年三月に卒業した三年三組の生徒ひとりひとりの顔を浮かべながら詠んだ。生徒には日々、「担任の仕事を増やすな！」と言っていても、いざ生徒がいないとどこか物足りなくなる。そして、目の前に生徒がいなくなると、楽しかった時間だけでなく、説教していた時間さえも思い出されるのはつくづく不思議である。

刊行にあたり、長年にわたり、丁寧にご指導くださり、選歌もしていただいた奥村晃作さんには、本当にお世話になりました。言葉では表せないほど感謝しております。厚くお礼申し上げます。

また、お忙しい中、黒瀬珂瀾さん、大松達知さん、西田谷洋先生が栞文を、そして、私が教職を目指すきっかけを与えてくださった恩師である明治大学の齋藤孝先生から帯文を賜ることができたのは、望外の喜びであり、感謝申し上げます。

最後に、六花書林の宇田川寛之さん、装幀の真田幸治さんにはたいへんお世話になりました。ありがとうございました。

二〇二四年四月七日　　入学式を明日に控えた夜に

早川晃央

略歴

早川晃央（はやかわ　あきお）

1990年　富山県富山市生まれ
2005年　「コスモス」入会
2008年　富山県立魚津高校在学中に「全国高校生短歌大会」（短歌甲子園）団体戦優勝
2012年　コスモス内同人誌「桟橋」入会
2013年　明治大学文学部史学地理学科地理学専攻を卒業
　　　　同年より富山県内公立中学校で勤務
2016年　コスモス内同人誌「COCOON」入会
2018年　現在の勤務校に異動

メールアドレス：kidukebaorehakesigomudatta@yahoo.co.jp

こいつら

コスモス叢書第1238篇

2024年 7 月11日 初版発行

著 者――早 川 晃 央

発行者――宇田川寛之

発行所――六花書林
〒170-0005
東京都豊島区南大塚 3 - 24 - 10 マリノホームズ 1 A
電 話 03-5949-6307
FAX 03-6912-7595

発売――開発社
〒103-0023
東京都中央区日本橋本町 1 - 4 - 9 フォーラム日本橋 8 階
電 話 03-5205-0211
FAX 03-5205-2516

印刷――相良整版印刷

製本――仲佐製本

定価はカバーに表示してあります
ISBN978-4-910181-68-4 C0092